中外绝代才女秘事

英子／著

图书在版编目（CIP）数据

中外绝代才女秘事 / 英子著. -- 北京：台海出版
社, 2016.8
（极品女人丛书）
ISBN 978-7-5168-1108-5

I. ①中… II. ①英… III. ①女性 - 名人 - 列传 - 世
界 - 通俗读物 IV. ①K818.5-49

中国版本图书馆CIP数据核字(2016)第200015号

中外绝代才女秘事

著　　者：英子

责任编辑：俞滟荣
版式设计：深圳时代新韵传媒　　　　　　责任印刷：蔡旭

出版发行：台海出版社
地　　址：北京市朝阳区劲松南路1号　　邮政编码：100021
电　　话：010-64041652（发行，邮购）
传　　真：010-84045799（总编室）
网　　址：www.taimeng.org.cn/thcbs/default.htm
E－mail：thcbs@126.com

经　　销：全国各地新华书店
印　　刷：深圳市源昌盛彩色印刷有限公司
本书如有破损、缺页、装订错误，请与本社联系调换

开　　本：787mm×1092mm　　1/32
字　　数：400千字　　　　　印　　张：25
版　　次：2016年8月第1版　　印　　次：2016年8月第1次印刷
书　　号：ISBN 978-7-5168-1108-5

定　　价：249.50元

前 言

此刻，你将走近这些熠熠生辉的女子：林徽因、陈圆圆、西施、张爱玲、李清照、布朗特三姐妹……

她们或才华横溢，或沉鱼落雁；她们或成就历史，或改变历史。无一例外的是，她们都有着令人折服的魅力，有着受人尊重的才华，都曾经拥有过荣耀的人生征途。

《王朝后院的极品红颜》、《历史上的巾帼传奇》、《屹立世界巅峰的女王》、《令男人放弃江山的美人》、《中外绝代才女秘事》这5本书中的30个女子，穿越岁月长河与我们相遇。

成功男人背后必定有一位与众不同的女人，《王朝后院的极品红颜》揭开重重历史的迷雾，探寻在成功男人光环覆

盖下的聪慧女子。芈月、孝庄皇后、卫夫子、长孙皇后……她们用美貌或智慧改变王朝兴衰、更替历史轨迹。经年之后，当人们再次翻开长卷，风华依旧。

《历史上的巾帼传奇》记载了众多不让须眉的巾帼英雄。红尘滚滚拦不住荏苒岁月，她们以女儿身叱咤在血雨腥风的战场，或凯旋，或失意，得到男儿也鲜有的尊荣和显耀。她们之中有"拜将封侯"的秦良玉，"梵蒂冈封圣"的贞德，乱世浮沉改变了她们的命运，而她们又改变了这个坎坷浊世。

《中外绝代才女秘事》中的主角们如同阳光下盛放的娇艳玫瑰，她们从纯净少女蜕变成绝代才女，走过了花月云雨，闪耀着咏絮之才的傲人华辉。林徽因、李清照、勃朗特、张爱玲……她们才华横溢也百般妩媚，她们燃烧岁月照亮坎坷旅途，谱写动人芳华和生命印记。

自古红颜多薄命。《令男人放弃江山的美人》书写了举世闻名的美女，她们羞花闭月的容颜却敌不过红尘滚滚，甚至无能为力地成为男人的附庸。那惊鸿一瞥的美丽，终究化为袅袅青烟，消散在浩渺天际。貂蝉、西施、杨玉环、王昭君、陈圆圆、赵飞燕……这些耳熟能详的古典美人，逃不过宿命，一波又一波看似繁华的过往，奏出一曲又一曲泣泪哀婉的悲歌。

《屹立世界巅峰的女王》以武则天、伊丽莎白女王、埃及艳后等权力巅峰女王的视角，讲述她们改变世界的旷世惊人之路。她们掀起政坛风云，创造世界历史。

"极品女人丛书"以古今中外杰出的女性为题材，以优美的文风，清新的语言，波澜起伏的故事，展现女性心灵成长轨迹。

这些历史上的传奇女性，她们值得被铭记，值得被传颂，值得我们去阅读，并享受这片刻美好的时光。

目录

第一辑 民国第一才女林徽因

民國第一才女林徽因

——清风拂柳，烟雨阑珊，娉婷漫步四月间。

林徽因，这个绝代姿容、旷世才情、冰洁风雅的江南女子，让徐志摩迷恋了一生、让梁思成宠爱了一生、让金岳霖怀想了一生。

任大海中扁舟飘摇，任岁月间世事变幻，她依然是那雪化后的一片鹅黄，初春里的一抹浅绿，无数人梦里期待的白莲。

康桥伊人今犹在

微风徐拂，百花凋零，那些过往云烟已随风消逝，缘聚缘灭是那样的伤痛，仿若大海中飘摇的小舟，找不着那岸，那寄托。

曾几何时，有一个朋友，有一段故事，尘封已久，不忍去碰触，却每每坐在窗前又再次唤醒。

窗外已然微凉，也许那些人、那些事也会随着时间而离去，可如今的心却不自觉地阵痛。

早知如此绊人心，何如当初莫相识。

心虽如此，却无法背叛。

缘分就是这样的虚无缥缈，抓不到摸不着，却又是那样迷人，像是在品味茗茶，苦而令人上瘾。

如今坐在西湖边上，想起那段往事，忆起她和她曾说过的女人。

遥记那时她曾说过一句话。

虽然分手了，我还是会念及他们的美好……我没有办法放下对他们的感情，但只能安慰自己，不在乎天长地久，只在乎曾经拥有，你明白吗？

这句话至今记忆犹新。

她无法放下她深爱过的人，却由衷为他们而祝福，将爱深埋心底，笑看这苍茫的世界。这份潇洒正如她所向往的那个女人——林徽因。

心中山水，梦中康桥。

西湖旁，此时此景，疏影照旧人。

那年，林徽因年仅 16 岁，与家人远赴重洋，邂逅了一生难以忘怀的男人。

伦敦，这座英国的古都，在雾里沉淀着气韵，散发着才情，吸引着无数文人墨客、青涩学子的目光。

尤其是那时的中国还在动荡的乱流中，看不清远方。

不知前路，不知归去。

在这样一种情况下，许多人选择来到这新的世界，或是为了找到归宿，或是为了救国。

1920年9月，尚未踏入诗坛的徐志摩从美国来到英国，与张奚若一道拜访林长民。

那是林徽因第一次见到徐志摩。

没有任何的修饰，没有任何的辞藻，那是一次平凡的会面。

那时，林长民正在与两位年轻才子促膝长谈，林徽因照例端上茶点。

她从未想到眼前这个戴着一副圆眼镜的青年，会闯入她的世界。而他也没有想到这梳着两条细细的辫子，看起来不谙世事的中学生会是他爱慕终生的女人。

在张奚若回忆中，林徽因当时差一点把他和徐志摩叫作叔叔。

他们的这次见面并不是如世人所想象那般一见钟情。

那时的他们犹如一湖清水，静静躺在阳光下，等待对方发现，共同书写一曲浪漫悲歌。

他们的相遇也许是偶然，但是他们的相爱却并非意外。

那年，徐志摩已经24岁，家里早已给他安排婚姻，张幼仪是他第一任妻子。然而追求婚恋自由的才子，根本不爱这个女人，甚至认为没有自由爱恋的婚姻是坟墓。他时刻都想离开张幼仪，追求自由的天空。

与风姿绰约、洁净如玉的林徽因相遇，无疑是给了他一条得以畅快遨游的爱河，他毫不犹豫地坠落，放弃了身为丈夫的责任。

无独有偶，爱情是双方的，渴望浪漫的林徽因与期盼意中人的徐志摩相遇了。

林徽因曾在与沈从文的书信里回忆说：

我独自坐在一间顶大的书房里看雨，那是英国不断的落雨……一个人吃饭，一个人咬着手指头哭——闷到实在不能不哭！理想的我老希望着生活有点浪漫的发生……

那时林徽因方才16岁，正值花季年华，与其他的少女一般，十分期待能有浪漫的爱情来临。

幸运的是，在这样美好的时光里，她遇到了外貌俊朗、文采隽永的徐志摩，因为不论是他们之间的感觉，还是在世人眼里，他们都是郎才女貌、天造地设的一对。

徐志摩自从这次拜访林长民之后，两人便相逢恨晚，于是徐志摩常到林长民家，顺理成章，徐志摩与林徽因也有了更多交流的机会。从最初的问候，到后来谈天论地，从文学到音乐，从现实到梦想，无所不谈，最后到达那吸引无数青年男女追慕、两人魂牵梦绕终生的康桥。

康桥，这座世界著名的剑桥大学的所在地，因此为许多中国的年轻男女所熟知而津津乐道。

现在的康桥已经是许多人都想要去浏览的风景名地，每个人都希望能在那里找寻到心中的梦，然而康桥却静静流淌，默默地，寂寥地，仿佛不存在，如那样的缘，那样的分，当你离开时，便消失在视野中。

康桥就是这样的地方，以至于徐志摩多年重游故地，也

只得轻轻一叹，留下《再别康桥》的忧伤诗句：

轻轻地我走了，正如我轻轻地来。

康桥一直都在，然而桥上的人早已过往，没有林徽因的康桥，对徐志摩来说只是一座平凡的桥。虽然徐志摩曾说过：

我的眼是康桥教我睁的，我的求知欲是康桥给我拨动的，我的自我意识是康桥给我胚胎的。

可他明白，这一切都是因为桥上的那个人，或者说是桥上他幻想出的那个人。

林徽因也曾对自己的儿女们说过：

徐志摩当初爱的并不是真正的我，而是他用诗人的浪漫情绪想象出来的林徽因，事实上我并不是那样的人。

也许他们在康桥之上热恋相拥过，也许他们曾在漫天星辰下许下诺言，但这种梦一般的爱情，太过朦胧，也正是这种朦胧，令清醒过来的林徽因感到不安。

沉入爱河的徐志摩不顾一切地想要与林徽因在一起，但是他们中间夹杂着许多的阻碍。

徐志摩已经失去理智，林徽因却没有，她深知他们是没有未来的。

徐志摩与张幼仪离婚，是为了她。

她明白，更明白她如果答应徐志摩之后会有什么后果，张幼仪会恨她一辈子。

她无法承担这样的罪责一辈子，况且那时家中已将她许配人家。

如果她答应了，将会受到所有人的质疑，就如陆小曼一般，背负着这份沉重与徐志摩过一辈子。

那样他们真的会幸福吗？

林徽因迈出的步子停留在半空中，她犹豫了。

所有的美好回忆就这样封存起来，过了几年，几十年，依旧如当年那般冰清玉洁。

最后，她不告而别，消失在那烟雨朦胧后，没有音讯，没有未来，只剩下身后人的一声轻轻地叹气：

悄悄的我走了，

正如我悄悄的来；

我挥一挥衣袖，

不带走一片云彩。

守望相助共此生

如果说徐志摩与林徽因的爱是炙热烟花，那梁思成与林徽因的爱则是细水长流。

梁思成继承了他的父亲梁启超的温文儒雅，林徽因在他的面前就像是个小女孩，让他倍加呵护。

在梁思成的身边让从小缺乏父爱的林徽因有了安全感，这对女人来说是必要的东西，尤其是童年时光并不幸福的林徽因。

1922 年，徐志摩与张幼仪离婚后来到北京，想要与林徽因再续前缘。

离开徐志摩的林徽因已经清醒了，她本来就是一个理性的人，对待这份情心静如水。她知道她想要的是什么，这是很难得的。现今多少的年轻男女彷徨在美梦与现实之间，最终万劫不复。

以前总是有人说，女人未结婚之前不知道自己需要什么，当暮暮垂年，方才悔悟，而那时青春早已离去，一切不可能重来。

林徽因是聪慧的女人，虽然那时她只有18岁，却已经懂得取舍，对待徐志摩的热火能够淡然自若。

徐志摩来到梁思成的家里，他想要夺回失去的梦。然而林徽因的一举一动都是那样自然，好像他们从来没有发生过，康桥上那种柔情似水已然消失了，令徐志摩迷茫，她真的忘却一切，或者说康桥上的一切都只是他的想象。

扪心自问，能真的对一份爱恋做到淡然自若的有几人，从后来泰戈尔来中国的事情上，可以看出林徽因并没有真正放下徐志摩。

她只是将他深埋心底，藏在那个内心深处的角落。

她微笑着，如悬空明月一般闪烁耀眼，如山间清风一般高不可攀。

她就坐在那儿，他就在她的身边，然而他们之间已经有一条深不可见的沟壑。

万丈悬崖，谁再往前踏一步便粉身碎骨，连灵魂都无法保全。

徐志摩不明白，那条深壑为什么会横在他们中间，但林徽因明白。

她不管遇到何种事，都会处之泰然，像冰那样清澈透明，像玉那样洁白无瑕。她不愿她的生活变得支离破碎，像旧时女人那般唉声叹气，怨天尤人。

她想要把控她的灵魂，活得自然，活得潇洒。

徐志摩很显然无法给她这样的生活，梁思成才是那个能与她相守一生的人。

在梁思成的身边，她可以保持她那清白的灵魂，她可以活得自由，活得心安。

于是她不回头地离开了。

她决绝的背影，留给徐志摩的是此生不可磨灭的伤痛。

然而她就没有伤痛了吗？

答案是否定的。

她悲伤时最先想起的人是徐志摩；飞机坠毁的那天，她独自在屋内哭泣，倾吐思念。

如果说她放下了，那才是假的。只是她毕竟不是陆小曼，做不到被世间万剑加身而毫不畏惧。

有些人，并不是追求就可以得到；有些感情，并不是不爱，而是爱不起。

林徽因不仅是位才女，还是位建筑师，她与丈夫梁思成一道辗转于世界各地，帮丈夫在事业上取得了傲人的成绩。

林徽因和梁思成之间的爱很难说清，梁思成相比徐志摩，缺少在文字上的才情，无法像徐志摩那般书写出爱的火花，但是从一些生活的小细节上不难看出梁思成对林徽因的爱。

有一天，林徽因穿着睡衣站在梁思成的面前，带着点小慧黠问他：

"看到我这样子，任何男人都会晕倒吧？"

梁思成则显得无所谓地说道：

"我就没有晕倒。"

溺爱之心由然而表。

专心事业的她，逐渐淡了感情上的思念，但却无法逃脱感情的纠葛。

金岳霖，那个为她终生不娶的男人来到她的世界。

1931 年，林徽因因病在北平休养。当时梁思成还在东北大学执教，很难才回来一趟，多亏金岳霖等人的照顾。

金岳霖与林徽因多次见面后引为知己。

这位很有名望的哲学家和逻辑学家爱上了她，这让林徽因更加苦恼。

当梁思成考察回来的时候，也不知是出于对丈夫的依赖，还是试探，她沮丧地对梁思成说：

"我苦恼极了，因为我同时爱上了两个人，不知如何是好？"

梁思成听到自然是痛苦至极，苦思一夜，终于回复她说：

"你是自由的，如果你选择金岳霖，我祝你们永远幸福。"

没有人知道林徽因是否真的喜欢上这个成熟稳重的男人，也许这次询问只是试探梁思成对她的爱。

当初放弃挚爱的林徽因，如今也不会为了金岳霖而放弃已有几十年感情的丈夫，还有这些年辛苦筑建的温暖小窝。

得到丈夫回答的林徽因将原话告知了金岳霖。

金岳霖回答道："看来思成是真正爱你的，不能伤害一个真正爱你的人，我应该退出。"

金岳霖以理智选择了退出，一生只做林徽因的蓝颜知己，这种爱是令人钦佩的。

金岳霖为林徽因终身不娶是徐志摩和梁思成都没有做到的事，徐志摩有了陆小曼，而梁思成在林徽因死后娶了林洙。

也许是因为人得不到的时候，那种思念也会愈加深刻吧，就算身死也会守着灵魂过一生。

生死相望两茫茫

林徽因对徐志摩的感情是难以消磨的，因为那是她第一个爱的男人。

有人说一生只能爱一人，这话是没有错的，然而最后走向婚姻的，往往不是最爱的那个。

有缘不一定有分，自古如此，不然也不会留下"有情人终成眷属"这样的愿望了。

1924 年 4 月 23 日，印度诗哲泰戈尔来华访问，在日坛草坪演讲，由林徽因和徐志摩担当翻译，三人走在一起相得益彰。

有好事者便说，林小姐人艳如花，和老诗人挟臂而行，加上长袍白面郊寒岛瘦的徐志摩，犹如松竹梅的一幅三友图。

此轶事一时间传遍京城，成为佳话。

林徽因和徐志摩也因为泰戈尔而旧情复燃。

应该说林徽因一直都未曾放下过眼前这个男人，她压制在心底的爱意，因为这件事而决堤。

如果放在一个普通的女人身上，导火索一旦点燃，不到完全绽放的那刻是不会熄灭的，而绽放后的结果往往是灾难。

很可惜，林徽因并不是普通的女人，她的意志熄灭了迅速燃烧的火焰，挽救了自己和家。

但她也绝不轻松，她甚至也想过逃跑，逃到无法见到徐志摩的地方。

只要不去见他，她的心就能平静。

一天晚上，月色当空，林徽因单独约徐志摩向他摊牌。

暮色挽林，徐志摩来到他们约见的地方，欣喜地等待，因为他感受到了林徽因的情感波动，好似又见到了那个在康桥上的温婉女人，他的心重新燃起希望。

然而希望又一次破灭，他不明白为什么林徽因明明还爱着他却不肯承认，不能像陆小曼一样不顾一切与他相守。

林徽因不是飞蛾，不会像陆小曼一样飞蛾扑火，烧得遍体鳞伤。

她要的是安稳，是淡然，是岁月静好。

他们的爱就这样一次次被挖出，又一次次被深埋，直至徐志摩飞机出事之后。

林徽因为他大哭一场，在那次之后，她全身心地投身到事业之中。

林徽因身边的人也许认为她已经放下那段感情，其实不然，直至临死前她都未曾放下。

1954 年，林徽因因病情恶化住进了同仁医院。

这次住进医院，她可能也感觉到自己将会离开人世。

窗外秋叶瑟瑟，冬季即将来临，是北京的冬季，是她人生的冬季。

在生命垂危虚弱的那刻，她竟然提出要和张幼仪见上一面。

本该命运没有交集的两人，却因为一个男人而绑在一起。

他，就是徐志摩。

可见在最后，林徽因心里想的是徐志摩，最爱的也是他。

就连张幼仪在自传中也承认：

我想，她此刻要见我一面，是因为她爱徐志摩，也想看一眼他的孩子。她即使嫁给了梁思成，也一直爱徐志摩。

不愿承认，不代表不存在，爱就在那。

生命总会有消亡的那天，爱却会一直封存在那最美的时刻。

正如林徽因曾在《莲灯》里写过这样的话：

这飘忽的途程也就是个——

也就是个美丽的梦。

莲总有凋零的那刻，灯也会有熄灭的那天，路途的尽头也许是什么都没有，但康桥上的梦却日升月恒，永存在她的心底。

第二辑 书写"简·爱"的勃朗特三姐妹

书写『简·爱』的勃朗特三姐妹

——她们是《简·爱》和《呼啸山庄》的作者，她们是哈沃斯狂风里的一员，她们受过烈阳的摧残，雨水的拷打，黑暗的吞噬，死亡的恐惧，却始终追求着自由与平等，任山川平移，日月颠倒不曾变过。

她们吹起的风，呼啸着，曾在阴暗、潮湿的壁炉里穿梭，给人们带来清风，却没能挽回自己的生命。

她们正是勃朗特三姐妹。

花开时节芳菲尽

1812 年是西方工业革命的时期，号称"世界工厂"的英国伦敦，更是被雾霾所笼罩，成了有名的雾都。

雾霭弥漫在街道上，隔开了旧时代的同时也挡住了新时代前进的道路，变成一条阴森、迷蒙的罅隙。

不过时代交替，总有那么一些不甘寂寞的灵魂想要世界改变。

她们吹起呼啸的风，在阴暗、潮湿的壁炉里穿梭，内心渴望着挣脱束缚在她们身上的枷锁。

也许她们并没有想要去改变谁，却无意中为人们带来了清风。

曾经呼啸辗转过的清风，抚慰了他人的心灵，却终究没有救回自己。

清风最终消逝在世间。

她们就是勃朗特三姐妹。

相信很多人都看过《简·爱》和《呼啸山庄》，也曾经为书中的灵魂所感动，也曾想过那书外究竟是怎样的人，才能写出如此惊世骇俗的作品。

其实她们的书正如她们的人，她们的故事远比书中更加神秘。

1982年的英国，在约克郡的一所学校里，帕特里克与玛利亚·布兰威尔相遇了。

玛利亚是一个普通的女人，与帕特里克恋爱也没有什么特别的地方，然而就是这样一个女人生下了三位旷世才女，改变了世界文学史。

帕特里克与玛利亚·布兰威尔相爱并举行了婚礼，婚后他们生下了六个孩子。

玛利亚和伊丽莎白是勃朗特夫妇最早的两个女儿，其次是夏洛蒂、艾米莉、安妮，还有他们唯一的儿子布兰威尔。

六个孩子的诞生带给他们无尽的欢乐和抚慰，那是家中最为幸福、快乐的时光，春风合迎，百花齐放。

幸福的时光并没有陪伴他们多久。

1821 年，她们的母亲玛利亚因患癌症去世了。

自此上天收回了对他们的眷顾，死亡的阴影一直伴随着她们，在她们心里埋下无法磨灭的创伤。

容貌并不出众，也没有什么特别才能的母亲，在安妮还只有一岁的时候便离开了人世，将可怜的孩子丢给了她的丈夫。

在伦敦这座这熙攘的城市里，光是谋生已经是精疲力竭，更何况帕特里克还带着六个完全不能独立的孩子。

无奈之下，帕特里克做了一件无法挽回的事，那就是将孩子送进了柯文桥牧师女儿学校。

死神伴随着一家人，阴霾笼罩在学校的上空。

没有人能预料到未来。

玛利亚和伊丽莎白在入学仅仅七个月便离开了世界。

在《简·爱》里有一段剧情，简最好的朋友海伦就是夏洛蒂的姐姐玛利亚的化身，而柯文桥牧师女儿学校就是罗沃德孤儿院的原型。

大概就是因为童年的这些事，三姐妹才会对死亡那样的敏感。

这是只有经历过死亡的人才能体会到的感情。

那是对生命流失的无奈，悲怆。

玛利亚和伊丽莎白的死带给三姐妹死亡阴影的同时，也让帕特里克非常后悔，他几乎以迅雷不及掩耳之势将孩子们接回来，亲自抚养她们。

这对勃朗特三姐妹以后的成功无疑是幸运的，作为牧师的父亲才华是无可争辩的。

经历丧女之痛，帕特里克将所有的心情灌注在剩下的孩子身上，为她们讲故事，允许他们自由地阅读书籍。

受到父亲才学的熏陶，三姐妹在文学造诣上打下了坚实的基础，加上三姐妹富有幻想的文学创作，最终创作出了蜚声世界的作品，也改变了女人在文坛上的地位。

19 世纪正是新时代与旧时代交替的时期，虽然在物质上告别旧时代的贫瘠和落后，但人的思想并未发生彻底的改变。

对女性而言，那个时代依旧被中世纪弥留的思想所束缚，女人唯一的出路就是结婚，无论口吐珠玑，还是才华横溢，

都只是束帛自赏，毫无用武之地，并且还有一条布满荆棘的不归路等着她们。

帕特里克为了能够让三个女孩生存下去，不得已又将她们送去上学。

接受正规教育之后，勃朗特姐妹相继成为教师。

那个时代教师地位并不高。

在学校和富贵人家做教师经历的事，彻底打垮了她们的创作热情。

《简·爱》和《艾格尼丝·格雷》里的孤寂与忧郁的感情便是来自于此，是常人无法理会的真情吐露。

出于改变生活的想法，三姐妹之中最大的夏洛蒂提议通过写作赚得钱财，但是那个时代对妇女有着极其不平等的偏见。

于是她们化名为柯勒·贝尔兄弟，自费出版了《柯勒·贝尔、埃利斯·贝尔和阿克顿·贝尔诗集》。

诗集并没有引起反响，销量以惨淡而告终。

之后，弟弟布兰威尔建议她们改写小说，这才有了那三本举世瞩目的名著。

自作品出版后，柯勒·贝尔兄弟的大名一时间成为大街小巷乐此不疲谈论的话题。

三姐妹却一直保持着沉默，夏洛蒂甚至没有告诉她最要好的两个朋友，直至传说愈演愈烈，最后竟然传说"三兄弟"是一个人的化名，夏洛蒂和安妮这才不顾艾米莉的反对，找到了出版社，澄清她们的真相。

她们的故事正如《简·爱》里所表达的主题，独立自主的女性形象，她们的成功像一颗耀眼的恒星划过天际，照亮了女性追求平等的暗夜之路。

但鹤鸣九皋、声闻于世并没有带给她们幸运。

1848年，她们的弟弟布兰威尔先离开了人世，随后艾米莉、安妮也患病离开了人世，而夏洛蒂在结婚六个月后也带着她的孩子永久地沉睡了。

她们从出生就被死亡的阴影所包裹着，她们改变了所有的女性，终究没有逃出死亡的恐惧。

她们死亡的时候最大的夏洛蒂才39岁，最小的安妮不过

28 岁。

花开时节芳菲尽，让人不得不感慨生命的短暂。要离开时，当真片刻都不能停驻，唯有感叹一句：红颜多薄命。

暗夜星辰照人间

夜幕降临，整个世界陷入亘古不变的黑暗里，没有一丝光芒。

遥望窗外，想要寻找暗夜里志同道合的人，却失望而归。

空荡的屋子，眼前清澈的水光流淌着。

轻轻地推开柜子，拿出那本不知多久以前买的《简·爱》。

黄色的扉页，残留在文字间的斑驳岁月，扑面而来的荒野气息，阴沉忧郁，正适合此间、此时品味。

望着深不见底的黑暗世界，思索着文字间跳跃出的那个独立自主的夏洛蒂，她仿佛是那黑夜里呐喊的月光，撕破这不平的世界，寻找到一盏属于她的光明。

出生在勃朗特的夏洛蒂，从小靠着父亲做牧师赚得少许钱财生活，住在哈沃斯的牧师住宅里，窗外便是无尽的荒野。

勃朗特三姐妹雕塑

狂风呼啸着，住在那里的人只能用石头堆砌的堡垒作为防护。

狂风掀起的沙石打在窗户上猎猎作响，她和她的妹妹身上因此沾上了这种特有的荒野气质，而伟大的著作也就是诞生在这样的环境，并染上了这样的气息。

这本成名之作并不是她最早的作品，在这之前她还写过《教师》，更早之前她还写过其他的文集，虽然那些都是习作。

早在14岁的时候夏洛蒂就展现出了她的才华，尽管那些作品都是自娱自乐的习作，却毫无疑问地为创作做足了准备。

夏洛蒂的成名并不是一气呵成，她还在做教师的时候，就曾写过不少的诗词。

有一次她鼓起勇气，将写过的诗词寄给当时的桂冠诗人骚塞。结果骚塞在回信中毫不客气地对她说：

在大自然里，小草和大树都是上帝的安排。放弃你可贵徒劳的追求吧——文学，不是妇女的事业，也不应该是妇女的事业。

多么迂腐的思想，正是当年英国女性悲哀的写照。

也幸亏夏洛蒂没有因此而放弃，虽然她很受打击。《简·爱》中，简对男女不平等的控诉正是夏洛蒂的心声。

除了写作上的重击，夏洛蒂更是亲身体验了作为一名家庭女教师的心酸与屈辱。

她在当时给妹妹艾米莉的一封信中这样写道：

私人教师……是没有存在意义的，根本不被当作活的、有理性的人看待。

在《简·爱》中简在罗彻斯特庄园内的境遇正是夏洛蒂作为教师时的境遇。

为了摆脱这样的厄运，夏洛蒂曾和她的两个妹妹办学校，最后都以失败而告终，写作便成了她们唯一的出路。

记得有人问过：

"当兴趣变为一种工作的时候还会喜欢吗？"

也许三姐妹能够回答这个问题，但斯人已逝，为今的我们只能通过她们些许经历里看出来。

勃朗特一家住得很偏僻，平时三姐妹也不外出，整日守在那方寸之地，她们没有林徽因那样的机遇能够游遍山河。孤寂到可怕的世界成为她们生活的一部分。

1830 年，帕特里克为了三姐妹的将来，把她们送入学校。

童年封闭的生活令三人无法正常与人交流，甚至在外面呼吸对她们来说都是一件极为困难的事。

这份寂然是恐怖的，如死亡一般令人恐惧。

身处其中人是茫然的，窒息的，仿佛身边走过的人都是黑暗投射出的影子，没有颜色，没有五官。

黑暗吞噬着她们的情感，为了排解寂寞与压抑，她们只有将一切写下来，在文字中才能获得片刻的救赎。

所以对她们来说写作即是一种生活。

所以就算是夏洛蒂被骚塞毫不留情地斥责，也从未想过放弃，写作既是生命。

夏洛蒂劝服了两个妹妹，与她一道开始靠写作赚钱。

她的《教师》便这样诞生了，与艾米莉的《呼啸山庄》、

安妮的《艾格尼丝·格雷》一同寄往出版社，然而《呼啸山庄》和《艾格尼斯·格雷》通过了，夏洛蒂的《教师》却惨遭退回。

在被出版社拒绝七次之后，夏洛蒂遇到了威廉·史密斯。在他的鼓舞下，夏洛蒂写出了《简·爱》。

她将书寄到出版社，威廉·史密斯几乎是不吃不睡一口气看完了。

这倒不是因为威廉是工作狂，而是她的这本书简直就是文坛异起的璀璨星辰，让人看了欲罢不能。

威廉被折服了，他把书稿给了董事乔治·史密斯。

据说年轻的董事看这本书的时候，跟威廉一样顾不得吃饭，甚至彻夜品读。

看完后，乔治·史密斯决定将这本书以一百英镑的稿酬买下来，当然收获的价值远不止如此。

就这样，夏洛蒂经过数次打击之后，终于获得了肯定。仿若星辰、灯塔照亮了人间去路，她的去路，并在她短暂的生命里，留下了最美好的时光。

三姐妹的家乡霍沃思小镇

人生苦短情无缘

雪花散尽，又是一年过去。

他人的冬季已然过去，而勃朗特三姐妹的冬季却正要到来。

都说没有经历过爱情的人生是不完美的，残缺的。

不论是夏洛蒂还是最小的安妮，都曾在小说里写下了她们对爱情的渴望与期待。

这样的希冀对她们来说是奢侈的。

年龄最大的夏洛蒂是三姐妹中唯一有过婚姻的人，书中女主简与男主罗彻斯特的爱情也为人们津津乐道。

简毫无疑问便是夏洛蒂自己，但罗彻斯特是谁，成为人们关注的焦点。

有人说，罗彻斯特的原型其实就是夏洛蒂在比利时学习时的法语老师埃热先生。

大部分的人都认可这种说法。

与书中的罗彻斯特一样，他也有一个妻子，同样也是被女主人公特有的孤僻外表和出众才能所吸引，但这种情感并非是出于爱情。

在相处中，夏洛蒂竟然爱上了自己的老师，她被他身上的气质所吸引，不能自拔。

埃热先生知道她的心，却从来都是石沉大海，不做任何回应。没多久之后，埃热夫人也察觉到了，夏洛蒂被迫终止学业返回故乡。

后来，在她寄给埃热先生的一封信里写道：

"我现在尽力忘掉你……"

两年她都没有忘却这个男人，她爱得是那样深沉，刻骨铭心。

但她不可能得到任何的回应，于是在《简·爱》里她以文字的形式为两人做了一个圆满的结局。

1854年6月29日，38岁的夏洛蒂遇到了人生伴侣。虽然婚姻没有得到父亲和朋友的祝福，但夏洛蒂依然选择嫁给亚瑟·尼科尔斯，他是帕特里克的一位助理，两人关系并不融洽。

婚后也证明夏洛蒂没有选择错，迟来的爱情给她带来了慰藉和欢乐。

幸运之神从来就不会照顾勃朗特三姐妹。

仅仅六个月后的一天，夏洛蒂和丈夫到离家数英里的荒原深处观看山涧瀑布，归途中遇雨受寒，此后便一病不起。1955年，夏洛蒂一睡不醒，英国文坛初升的太阳就这样寂灭了。

夏洛蒂比起两个妹妹还是幸运的，至少她已经完成女人一生最大的事，而她的妹妹们，还未开始恋情便早早地逝去。

对于艾米莉与安妮的感情很少有记录，传说她们都曾深爱过父亲的助手威廉·维特曼，这个幽默风趣，充满男人活力的人。

但是艾米莉对威廉的喜欢都只是想象。

孤独的艾米莉从来都是一个人，尽管在《呼啸山庄》里希斯克利夫与凯瑟琳发生过一段炽热的爱情，那些都是艾米

莉的想象，在孤独中的幻想。

从小就不善交际的艾米莉，也是三姐妹里唯一没有接受过正统教育的人，因为她害怕学校那令人窒息的空气。

嘲笑、谩骂席卷而来，淹没她最后的抵抗。

那种压抑产生的负面情绪击垮了她的意志。

她最终放弃了学业，放弃了与人相处，独自关在伸手不见五指的地方，躲在自己构建的世界里，写下了一首又一首的诗句。

这样的艾米莉，面对威廉不可能有任何的表示。

与她相比，安妮则更加活跃一点。而威廉最喜欢的人也是安妮。

有时候威廉和安妮会在不注意的情况下传情，这种青涩的爱情，身在其中的家人还没有太大的感觉，但夏洛蒂已经看出端倪。

夏洛蒂曾在书信里对她的两位好友说过安妮与威廉的事，她对安妮很嫉妒，因为她也喜欢过威廉，她甚至怂恿她的好友去夺得威廉，当然这事最后并未实施。

威廉与安妮的青涩的感情或许某一天就会结果，时间会让青苹果最终长成熟。

然而安妮偏偏最缺的就是时间，上天给予这位遗世独立的才女只有短短的 28 年寿命。

　　威廉与安妮最终没有走到一起，错失了一段可能传为佳话的爱情。

　　如今勃朗特三姐妹的墓穴还躺在英格兰北部美丽的小村庄旁，那是她们生前住的地方。

　　现在来自世界各地的观光者都会去那里寻找她们的气息，寻找那淅沥的雨，呼啸的风，正如她们初来这个世界时那样。

第三辑 千古第一才女李清照

千古第一才女李清照

——漫漫长河，坎坷浊世。

她是一位写过无数爱情诗句的女子，也是一位忧国忧民的才女。

她的分水岭是那样的清晰，以宋室南迁为界，前半生幸福甜蜜，后半生颠沛流离。

她的诗词正如她的人生，被硬生生分成两种截然不同的风格。

无论过去多久，她的身影始终留在人们的记忆里。

她就是千古第一才女李清照。

千古才女出乱世

漫漫长河，遥遥新竹，即便身逢浊世，依旧如雨后春笋般破土而出。这是对中国古代文坛才女的真实写照

在古代，在封建思想的统治下，人们一直奉承"女子无才便是德"的训诫。

封建的道理禁锢着她们的思维，束缚着她们的才能，就是在这样的环境下，依旧诞生了许多的才女，在男人统治的古代文坛里占据了一席之地。

她们之中大部分的人出生在官宦之家、富裕之家，而且她们的父亲必须是相对开放的人，这不得不说是悲哀。

但就算是能够学习，她们依旧也只能在那方寸之地。

古语有云：读万卷书，行万里路。

那些古代的才女却没有这般境遇，她们从出生到结婚，再到生儿育女不能踏出家门半步，所有的生活琐事都在那方寸之地解决。

就像是英国的勃朗特三姐妹一样，她们只能依靠着想象写下那一首首传世之作。

她们之中不乏如勃朗特三姐妹那样追求自我独立的人，与尘世封建礼仪对抗，写下如卓文君的"愿得一心人，白头不相离"的爱情诗歌；因山河破碎，写下如李清照的"生当作人杰，死亦为鬼雄"的悲壮挽歌。

那一首首令才子们自叹弗如的绝世杰作流传至今，其中以南宋的李清照最为有名，被人称为"千古第一才女"。

提起李清照，很容易让人想起"乱世佳人"这四个字。

李清照出生在那烽火硝烟，民族危亡的北宋末期。

坎坷浊世，不能阻挡她的光芒。

虽然当时的她还不明白什么叫做国仇家恨。

李清照出生于书香门第，父亲是南宋文学家李格非，是苏轼的门生。

她自小便在父亲耳濡目染下，对诗词颇为敏感，加之李格非疼爱她，视她若掌上明珠，对她教导有方，才成就了她日后的成绩。

一次，李格非在家中宴请朋友，来的大都是文人学士，自是免不了在席位间评头论足一番。

那时候女子不能外出，那些文人学士谈论的风花雪月正是李清照所好奇的。

于是她悄悄地坐在厅堂的门边，听里面的才子们评诗论文。

席间，李格非读了一首词《如梦令》，请在场的学士品读。

昨夜雨疏风骤，浓睡不消残酒。

试问卷帘人，却道海棠依旧。

知否？知否？应是绿肥红瘦。

话音刚落，赞扬声便四起。

其实这首词便是李清照所写，她听到父亲竟然念出她作的诗词，虽说有些面红耳赤，但同时眼神中也流露出几分不易觉察的得意。苏门大学士晁补之无意中扭头瞥见这小姑娘不寻常的神态，马上猜到了其中的奥秘，于是对在场的人说道：

"一天晚上刮风下雨，一位才女喝醉了酒，沉沉地睡着了。第二天，婢女卷帘声把她惊醒。她连忙问：'海棠花怎么样啦？'婢女回答：'海棠花没被打落，依然是老样子。'才女惆怅地说：'知道吗？经过昨晚的风吹雨打，应该是绿叶儿肥厚增多，红花儿瘦损减少了。'"

他解释完词意，稍停了会儿，然后又问道："你们猜，这才女是谁？"

除了李格非，所有的人一下子楞住了，向周围看去，仿佛在问，是哪个才女能有此手笔。

李格非面不露色，心中却得意非常，因为写下这首杰作的正是他的女儿。

晁补之见众人疑虑不解，于是说道：

"告诉你们，她就是远在天边，近在眼前的李府千金小姐李清照！"

众人一听，目光齐齐投向了门边，暗影处的李清照又是一阵脸红。

这是她第一次崭露头角，随后她的才名遍传京城，人们都知道京城有一位绝世才女李清照。她就如那万千绿色中的一抹红，那样的显眼，让人一眼便能看到她，并为之倾倒。

那时李清照还待字阁中，便已引来无数的追求者，其中便有日后与她共度此生的赵明诚。

据《琅嬛记》卷中引《外传》，赵明诚年少时曾做过一个梦，在梦中朗诵一首诗，醒来只记得三句话："言与司合，安上已脱，芝芙草拔。"

他百思不得其解，就向父亲讨教。他的父亲听了哈哈大笑："吾儿要得一能文词妇也。"

赵明诚大惑不解问他父亲："何以有此一说？"

他父亲说："'言与司合'，是'词'字，'安上已脱'，是'女'字，'芝芙草拔是''之夫'二字。合起来就是'词女之夫'。"

说的正是当时名动京城的李清照。

赵家父子对这位女词人都有倾慕之情，于是赵明诚向李家求亲，以赵家当时在朝局里的地位，以及赵明诚的品格外貌，李格非很快便答应了这门亲事。

虽然两人奉的是父母之命，媒妁之言，其婚姻是封建社会下的产物，可却是一门极为相合的亲事。

李清照雕塑

才子佳人共此生

不同于大家印象里的叛逆才女，李清照没有像卓文君一样为了自由恋爱而奋起反抗，反而是欣然接受，就像林徽因嫁于梁思成一样。

其实爱情并非只是始于那一瞬间的相遇，路途也非必须经历千难万阻，自由恋爱并不能算爱情的真谛，细水长流一样可以诞生出伟大的爱情。

在爱情中，"缘"才是爱情的起源，"携手"才是爱情的路途，"陪伴"才是爱情的真谛，"思念"才是爱情的终点。

赵明诚与李清照之间先是有分，后是有缘。

在那个年代，李清照毫无疑问是幸运的。

赵明诚在当时来说也是一位翩翩公子，外貌才学都是一流的。两人婚后在文学上有共同的兴趣，在事业上有共同的

结合点——金石研究。

两人既是文学知己，亦是情投意合，可谓是天赐良缘，典型的鸳鸯蝴蝶派文人的爱情。

婚后的甜蜜可以从李清照的诗词里看出，正如她的《减字木兰花》所写：

卖花担上，买得一枝春欲放。泪染轻匀，犹带彤霞晓露痕。怕郎猜道，奴面不如花面好。云鬟斜簪，徒教郎比比看。

这首诗里李清照表达出了她的天真、好胜的脾性，以及对赵明诚的爱，是那种小女生撒娇的爱情。

可见，李清照是真心喜爱着这个丈夫的。

夫妻之间相处需要的是共同语言，炽热的爱情总会有冷却的一天，那时还能走到一起的才是真正的爱。

婚后，两人的脾性宛如小孩一般，生活总是充满着趣味。

比如他们为了能够相互提高文学水平，在家中举行"茶令"。

所谓的"茶令"与武侠中的"酒令"颇为相似，两人互相考问才学，赢的人便能饮一杯茶。

在"茶令"中往往是李清照获得胜利，她经常会得意到将茶泼倒在地上，对此赵明诚很不服气，一定要与她一较高低。

有一次，赵明诚在青州做官，李清照托人捎信给丈夫，表达对他的思念，在信里李清照写了一首诗。赵明诚看到后，决定也回送她一首，当他提笔写的时候，忽然想道："我是宰相的儿子，又是当了官的人，一定要比她写得好才行。"

就这样，他写了五十阕小词，却不知哪首更好，于是拿给他的朋友陆德夫看。

不过也不知道他出于何种目的，将李清照的诗词也放了进去。

大概是真的想和他的妻子一决高下吧！

等他将诗词拿给陆德夫看完以后，赵明诚问他：

"您看，我写的这些词哪一首最好？"

好友夸赞说："很难分出高低，写得都很见功力。其中最好的有三句。"

赵明诚忙问："哪三句？"

陆德夫随口念道：

莫道不销魂，

李清照故居

帘卷西风，

人比黄花瘦。

这三句话正是李清照的《醉花阴·薄雾浓云愁永昼》。

至此赵明诚才算服了。

除了这件事之外，两人还有一段被人津津乐道的轶事，通过这件事也能看出李清照内心的男儿英姿。

那是上元佳节的一天。因为赵明诚多在外奔波，每逢月朔、月望才能请假回来，尽管是在同一个汴京城中，李清照仍觉得如隔三秋。

这天恰好是赵明诚回家的日子，李清照换上一身书生装，让丫鬟去报赵明诚说有贵客来。

正当赵明诚嘀咕谁在上元佳节会来他家中的时候，李清照缓缓走入房中。

赵明诚一看，竟是一位美少年。

但见少年头戴绣花儒巾，身着湖色棉袍，足登粉底缎靴，眉清目秀，风度翩翩，正印证了那句"陌上人如玉，公子世无双"的诗。

赵明诚一时看呆了，忘记询问对方是谁，直到好一会儿才想到，立刻起身问对方姓名。

李清照模仿着书生举止，潇洒还了一揖，答道：

"小生与兄素有同窗之谊。半月不见，吾兄为何如此健忘？"

当时李清照一定为自己的恶作剧而洋洋得意，毕竟和他相处已久的丈夫都没能第一眼认出她。

不过赵明诚毕竟也是聪慧人，虽说第一眼为之震惊，没能将她认出，但很快也就猜测到便是他那调皮的妻子。

赵明迟疑了那么一会儿，不觉哈哈大笑，一把扯过女扮男装的妻子，揭穿她那小小的心意。

在封建社会，女子是不可以外出的，尤其是像李清照这样的大家闺秀，所以李清照以这种方式，想同分别已久的丈夫共度这个佳节，赵明诚岂会不知。

吃过午饭后，赵明诚带着男装的李清照来到全城的中心大相国寺。游过了大相国寺，赵明诚带着她折进一家外灶内堂的小吃铺里。赵明诚专拣那市井之人惯吃而李清照见也没有见过的小吃，让李清照都尝一点，然后又在流浪艺人的担子上买了些小泥人之类的玩物。

李清照纪念堂

赵明诚的贴心让李清照更加难以离开他，以至于赵明诚死后李清照会伤心过度，仿佛瞬间苍老。

沧海桑田，弹指间灰飞烟灭。

从李清照的诗词里可以看出她人生的两个阶段，少女时的欢乐，以及中年时的国仇家恨。

她的分水岭是那样的清晰，以宋室南迁为界，前半生幸福甜蜜，后半生颠沛流离。

她的诗词正如她的人生，被硬生生分成两种截然不同的风格。

1127年，李清照迎来了属于她的冬天。

物是人非事事休

公元 1127 年，北方女真族攻破了汴京，徽宗、钦宗父子被俘，也就是历史上的靖康之变，是中国历史上国家民族极屈辱的一件事。

覆巢之下焉有完卵，李清照在山东青州的爱巢也树倒窝散，一家人开始过起漂泊无定的生活。

南渡第二年，赵明诚因身为地方最高长官，却在城中有危难时逃跑，被皇帝撤职。

赵明诚被撤职后夫妇二人沿长江而上向江西方向流亡，李清照对赵明诚这种做法显得有些气愤，可惜她不是男人，更不是一位出生在将门的女将军，她只是一个弱女子，她不能去战场，但她还有她力所能及的事。

于是行至乌江镇时，李清照得知这就是当年项羽兵败自

醉花荫

薄雾浓云愁永昼，
瑞脑消金兽。
佳节又重阳，
玉枕纱厨，
半夜凉初透。
东篱把酒黄昏后，
有暗香盈袖。
莫道不消魂，
卷帘西风，
人比黄花瘦。

李清照纪念堂

刿之处，便对浩浩江面，吟下了那首千古绝唱《夏日绝句》：

生当作人杰，死亦为鬼雄。

至今思项羽，不肯过江东。

此举意在提醒她的丈夫，这是她唯一能够做到的。

赵明诚在她身后听到这一字一句的金石之声，面带愧色，心中泛起深深的自责。

后来赵明诚被召回京复职，但好景不长，1129 年 8 月，赵明诚因病去世，结束了他们三十年的美满婚姻。

从此李清照的人生便急转直下，受尽颠沛流离之苦。

1129 年 9 月，金兵再次南犯，李清照带着沉重的金石古籍开始逃难，这些堆积如山的收藏品都是她与赵明诚辛苦半生的结晶，包括赵明诚的著作《金石录》。

她追随着当时的皇帝高宗赵构逃亡，从建康出逃，经越州、明州、奉化、宁海、台州，一路逃下去，一直漂泊到海上，又过海到温州。

李清照一孤寡妇人眼巴巴地追寻着国君远去的方向，自己雇船、求人、投亲靠友，带着她和赵明诚毕生搜集的书籍文物，想要进献给高宗，然而这个皇帝没命地逃跑，她始终无法追到。

这期间，她寄存在洪州的两万卷书，两千卷金石拓片被南侵的金兵焚掠一空。而到越州时随身带着的五大箱文物又被贼人破墙盗走。

李清照望着那无法看清的龙舟，想起孤独无依，国不成国，家不成家，如今的皇帝又不思进取，一味地抱头鼠窜，不顾百姓死活，一时间悲从心头而来，写下了那首《添字采桑子》：

窗前谁种芭蕉树？阴满中庭。

阴满中庭，叶叶心心舒卷有余情。

伤心枕上三更雨，点滴霖霪。

点滴霖霪，愁损北人不惯起来听。

北人便是流浪之人，亡国之民，李清照正是这其中的一个。

李清照每每到了夜里，便控制不住情绪，悲伤地哭了起来，泪水洒在枕上，那般触目惊心，满眼望去，已无可依靠人。

国运维艰，愁压心头。

只能化作那句：物是人非事事休，欲语泪先流。

这句词是出自李清照的《武陵春》：

风住尘香花已尽，日晚倦梳头。

物是人非事事休，欲语泪先流。

闻说双溪春尚好，也拟泛轻舟。

只恐双溪舴艋舟，载不动，许多愁。

这首诗是李清照逃至金华时，有人约她去游附近的双溪名胜，勾起她对往事的回忆而写下的。

山河支离破碎，国已破，夫已逝，家已亡，独留她一人在世间，这怨愁怎一个了得。

她心中的愁，已经不是那小小的一叶扁舟所能够带走。

后半生的她都在忧国忧民的情怀中度过。

1133 年高宗派人去探视徽、钦二帝，一听说要去金人所在的地方，那些平时高谈阔论的重臣们一下都变成了缩头乌龟，只有时任吏部侍郎的韩肖胄自告奋勇，愿冒险一去。

李清照日夜关心国事，闻此十分激动，便作了一首长诗相赠。她在序中说：

有易安室者，父祖皆出韩公门下，今家世沦替，子姓寒微，不敢望公之车尘。又贫病，但神明未衰弱。见此大号令，不能妄言，作古、律诗各一章，以寄区区之意。

还有在金华避难期间，她见人玩"打马"的赌博游戏，悲愤不已，国破家亡，那些豪门贵族竟然完全不当回事。

就如《泊秦淮》里，杜牧夜泊秦淮时的触景生情：

商女不知亡国恨，

隔江犹唱后庭花。

李清照为了讽刺当年的宋王朝，也写下了一篇《打马赋》：

木兰横戈好女子，

老矣不复志千里。

但愿相将过淮水！

以典故谴责宋室的无能，并抒发凌云壮志。

她是一位写过无数爱情诗句的女子，也是一个忧国忧民的才女。

无论过去多久，她的身影始终留在人们的记忆里。

她是千古第一才女李清照。

第四辑　文坛传奇女子张爱玲

文坛传奇女子 張爱玲

——曾有一人，她从潋滟红尘中走来，又归暮色黑夜之中，独自一人枯萎在不为人知的地方。

她曾如沁凉薄荷一般，情绝冷傲，也曾如俗世凡尘一般，追求现世安稳。

高山流水，曲泊停驻，一切的繁花似锦都只为一人，这是何等的浪漫，也是张爱玲毕生所求，哪怕是飞蛾扑火也在所不惜。

今生执念，因为爱过，所以明白；因为懂得，所以慈悲。

初识伊人若今朝

初识张爱玲是在学生时代。那时正巧课间，手里捧着杂志，想要寻得一两分宁静，恰好看到一则故事，感受颇深。

文章描述了水晶先生夜访张爱玲时所发生的事。

水晶先生侃侃而谈，从张爱玲的章回体小说到古代名著《金瓶梅》，无不说上一两句评论，还批评了沈从文和钱钟书的文章。

而张爱玲就静静地坐在那儿，听着水晶先生的海阔天空，表现得那般云淡风清，不起一点涟漪，只是偶然会说一句"嗳"，接着又归于一帘幽静。

只有当水晶先生说到她感兴趣的话题时，她才会表达一下看法。

那些看法真知灼见，字字珠玑，有时如万里晴云里一声雷霆，令人顿然醒悟，难怪民国风流才子胡兰成会被她所吸引。

不过那时还不知她与胡兰成那段轶事，只是从这段文章中获得了不少的益处与为人处世之道，故而对其印象颇深。

真正想着去了解张爱玲这个人，是因为看到了《小团圆》这部小说。因为是朋友推荐的，所以很认真地细读了一遍。

初时有些难以接受，毕竟我们不是那个时代的人，书中描绘的世界，与现在的社会完全是两个不同的世界，个中细节实在是晦涩难懂。

不过就算这样，读到一半的时候还是被深深地吸引住。为了知道结局，深深体会了一把威廉·史密斯废寝忘食读《简爱》时的那种感受。

书很快翻到最后一页。

望着尾页那抹白色的页纸，一股没由来的情感笼罩在心头，连窗外的烈阳都为之黯淡。

一切都变得那般急切，急切地想要了解写下这本著作的人。

岁月依旧，斯人已逝，只能从那些只言片语里寻找当年那人的身影。

那是一抹悲哀可叹的身影，她独自在黑夜落雨中凋零，没有梨花烟雨般的浪漫，没有相濡以沫的婚姻，甚至她得到的是一种毁灭性的灾难，而她却如飞蛾扑火一般甘之如饴。

1943 年冬天，张爱玲独自坐在温暖的红炉前看着雪花，冰洁沁心，正如她此时的心境。

"咚咚咚"，一阵清脆的敲门声响起，张爱玲颇有些哀怨地起身，这般美妙的体验被这无礼的来访者给打乱了，她岂能不怨。

不过她生于贵族家庭，礼仪举止都有着严格的素养，所以尽管有些恼，还是来到了门前。

她温声询问来人。

"你找谁？"

那人回道："张爱玲小姐，我是从南京慕名而来的读者。"

是成熟的男性声音。

心细如张爱玲，早已能勾画出对方的面容，这是一位经历风尘洗礼的中年男性。

虽然张爱玲是新时代的女性，但也继承了传统贵族的礼

仪，一个中年男子进到未出阁的女性家里还是多有不便。

于是她坚决地拒绝了对方。

"张爱玲身体不适，不见客人。"

门口的那中年男性沉默了一会儿，便递进来一张纸条，上面写着他的名字和电话，他就是胡兰成。

他是第一个叩响张爱玲心扉的男人，也是唯一一个兼最后一个住进张爱玲心房的男人。

胡兰成当时是汪精卫伪政府宣传部政务副部长，同时也是《中华日报》总主笔，高高在上，在上海可以算是个大人物。

这样的人来找张爱玲，令她多少有些揣测不安。

她是想见又不想见。

原本依照她的性格是不会去见这些人的，她从来不过问政治，也不想与之有任何沾染。

但她又有点想见胡兰成，这样一个人物竟然会喜欢上她的书，她怎能不好奇。

不管出于什么样的理由，张爱玲都礼仪般地回了一个电话，并亲自拜访胡兰成。

当房门打开的那瞬间，胡兰成简直不相信眼前的人就是那个文字成熟老道的女人。

这分明是个中学生，如果不是声音对上了，胡兰成肯定以为他见到的是张爱玲的女儿。

后来胡兰成在《山河岁月》里写道：

张爱玲是民国世界的临水照花人。看她的文章，只觉得她什么都晓得，其实她却世事经历得很少，但这个时代的一切自会与她来交涉……好像花来衫里，影落池中。

胡兰成震惊了，而张爱玲也同样觉得吃惊。

眼前的男子温文尔雅，身上散发着书卷气息，眉宇间是那般闲情自得，完全不似一个处心积虑、整日算计的政治家。

这样的印象令张爱玲放松了警惕，与他会谈起来。

胡兰成说了许多，他把同时代的众多文坛新星与张爱玲进行对比，对她大加赞扬，说她的文笔犹如大千世界新颖迥异的奇石，浑然天成，没有一丝矫揉造作，还说他对书中内容的独到见解。

胡兰成越说越激动，而张爱玲仿佛遇见知己一般不厌其烦地听着，回应着他。她发现眼前这个男人竟然如此善解人意，她为他的那颗玲珑心而吸引。

会谈从开始到结束，历时五个小时，而两人皆不觉得累，甚至觉得意犹未尽。如果不是因为张爱玲一个单身女性在胡兰成家中多有不便，他们肯定会彻夜谈下去。

当胡兰成送张爱玲出门的时候，他们已经结成了多年的知己，仿佛这不是五小时的谈话，而是五年，甚至更久。

胡兰成甚至不经意间对张爱玲说道：

"你的身材这样高，这怎么可以？"

张爱玲诧异地看着他，但没说什么，似乎接受了这句唐突的话。

回去之后张爱玲许久不能平静。

胡兰成如一瓶醇厚香浓的烈酒，冲击着张爱玲的每一个感官。

胡兰成更是整夜失眠，回味着白天的对话，他也说不清楚此时是怎样的感受。

张爱玲就仿佛薄荷一般，沁入他的心。

那是他从未体验过的，在他身边的女子不是风尘女子，便是一般的世俗千金，何曾遇过清冷高傲的才女。

愈是好奇，他愈是难以忘怀。

张爱玲刚走没多久，胡兰成便按捺不住性子，给张爱玲写了一封信。

而张爱玲只是短短地回了一句："因为懂得，所以慈悲。"

短短的一句话暗藏了许多的玄机，看似冷漠，实则已将衷肠述说，正如她的人，表面冷若冰霜，实则内心柔情似水，连绵不绝，需要细心呵护，方能一窥究竟。可惜的是胡兰成心思为世俗所扰，注定不能有机会，以一生的岁月静好，现世安稳，来慢慢品尝身边的珍品。

浮生一梦情难解

胡兰成得到张爱玲的回信，更加心痒难当，随后的日子里，他几乎每隔一日必去张爱玲的住所，与之交谈，否则就会觉得坐立不安。

两人日子相处久了，自然产生了一些情愫，这让情窦初开的张爱玲有些不知所措。

张爱玲的姑姑与她相处已久，早已发觉她这位侄女的小心思，只是胡兰成那时已有家室，于是姑姑提醒了还在云雾里的张爱玲。张爱玲左思右想也认为不妥，就给胡兰成送去一张纸条："以后不要再来相见了。"

写到这里不禁让人想起民国的另一位才女林徽因，如果是她大概就会二话不说地离去吧。

但张爱玲不是林徽因，这也注定了她日后要独自吞下那

枚苦果。

胡兰成在看到那张纸条以后，还是来到了张爱玲的家中，他想知道张爱玲为什么突然这么说。

当他见到张爱玲，发现爱玲眼中那掩饰不住的喜悦心情之后，便松了一口气，不再询问。

自此之后，两人关系反而更加紧密，也许胡兰成那时便从张爱玲眼中看出了些许端倪，也就褪去了拘谨，毫无顾忌地与张爱玲在一起。

张爱玲也是得过且过，她明知胡兰成有家室，却无法转身离去，她只能守得那两人相处时的洁净，至于婚姻问题，也就随它去了。

两人的关系日益难舍难分，胡兰成的妻子发现之后，醋意大发，问他讨个说法。胡兰成对妻子的"无理取闹"显得非常不能理解，他自认为与张爱玲不过是只谈风月，无关爱情的同道中人罢了。

妻子气不过便提出了离婚，胡兰成满腹委屈地找到张爱玲诉苦。

月色浓重，洋洋洒洒落入房间。

张爱玲依旧如初识见面一般静静地坐在那儿看他哭泣，不怜不劝，不愿夹在他们之中替胡兰成做出选择。

事后也只是淡淡地说了一句："已去之事不可留，已逝之情不可恋。能留能恋，就没有今天。"

张爱玲那时的心境已无法考证，但她确实为胡兰成做出了很大的牺牲。

她的才情样貌皆是上流，自是有一番骄傲，但为了胡兰成，她放下这份傲气。

正如她曾对胡兰成说过的话：

见了他，她变得很低很低，低到尘埃里，但她心里是喜欢的，从尘埃里开出花来。

胡兰成与她的恋情成为上海大街小巷谈论最多的话题，一时间议论纷纷。

这些都没有击垮这位才女的心，她本来就对这世界的纷纭看得淡。

1944年张爱玲与胡兰成正式缔结了婚姻，因为时局动荡，

胡兰成为顾日后时局变动连累到张爱玲，所以两人并未举行正式的仪式，只写婚书为定，并做了两句对联。

上联："胡兰成与张爱玲签订终身，结为夫妇。"

下联："愿使岁月静好，现世安稳。"

上联为张爱玲所撰写，下联则是由胡兰成提笔续写，并由炎樱为媒证，完成了简约的结婚仪式。

这场最终走向不幸的婚姻就此开始，虽然张爱玲从未承认她爱错了人，但这是不争的事实。

两人之间的婚姻是那般的短暂，张爱玲所追求"高山流水，曲泊停驻，都只为一人"的浪漫，终究如镜花水月，浮生一梦。

独守黑夜任枯萎

张爱玲与胡兰成的婚后初时亦如往日那般浪漫，月色当空，舞文弄墨，谈论风月。

好景不长，几个月后，汪精卫病故，胡兰成到武汉去接手《大楚报》，为日本人效犬马之劳，待来日能获得更大的赏识，张爱玲则很少过问胡兰成的事，只知道他是去公干了。

这一走，两地分隔，以前那些如胶似漆的生活突然没了，人的感情也就起了变化，况且是胡兰成这样的风流人物。

异地相隔不久，胡兰成便觉得寂寞难耐，与医院里一位叫周训德的护士好上了。那时小周才 17 岁，花样年华，出落得漂亮，加上为人单纯灵动，很快胡兰成就对其另眼相看。

借教诗为名，实为风花雪月，胡兰成和小周有了肌肤之亲，

张爱玲与美国丈夫赖雅

早已忘却那个在上海苦苦等待他的痴心才女。

直到胡兰成回到了上海，才想起身边还有个张爱玲。为了先给张爱玲打预防针，他含糊其辞地跟张爱玲讲了他与小周的交往。

只说小周是如何仰慕于他，他又是如何周旋的，决然不提两人已有肌肤之亲，但张爱玲岂会听不出来语句之间的暧昧情怀，只是不愿说破。

后来张爱玲在《红玫瑰与白玫瑰》中有这样一段话：

娶了红玫瑰，久而久之，红玫瑰就变成了墙上的一抹蚊子血，白玫瑰还是"床前明月光"；

娶了白玫瑰，白玫瑰就是衣服上的一粒饭渣子，红的还是心口上的一颗朱砂痣。

白玫瑰便是张爱玲，而红玫瑰则是小周，以及其他与胡兰成沾染的女人。

短短两句话便把胡兰成所谓的爱情描绘得淋淋尽致，剥得一层不剩。

虽说如此，张爱玲还是做不出就此转身，她还是抱着一丝希冀，小周只不过是胡兰成生命的一次意外，而她才是与之相守一生的人。

殊不知，当年的她不也和小周一般。

所有形式的风月在胡兰成心里都是为他服务的，或是诱使女人，或是平步青云。

1945 年，日本宣布投降，胡兰成的仕途算是到此结束了，他改名张嘉仪，四处逃逸，颠沛流离，就是在这种情况下，他还是不改风流，与乡女范秀美又在一起了。

可怜那个身在上海的张爱玲还一心念想着他，跟他说，就算他变了姓名，也要天涯海角将他牵招回。

于是一道民国奇妙的风景线展开了，胡兰成一面坐拥着范秀美，痴情空等有个周训德，名义上还有一个张爱玲，可谓是风生水起，别有一番滋味。

范秀美的事，张爱玲直到一年后才知晓，还是亲自来找他的时候才知道。

张爱玲看到范秀美时已经隐约察觉，但她还是骗着自己，不想深究，她执着地去追求那种幸福的浪漫爱情。

可是现实的一切不断地呼唤她醒来，当胡兰成送别她回上海的时候，她看着胡兰成离去的背影，独自一人撑着伞在

船舷边，对着滔滔黄浪流下了眼泪。

此后过去很久，胡兰成才收到了张爱玲的信：

我已经不喜欢你了。你是早已不喜欢我了。这次的决心，我是经过一年半长时间考虑的，彼惟时以小吉故，不欲增加你的困难。你不要来寻我，即或写信来，我亦是不看的了。

她在信封后附上了三十万元，在胡兰成逃亡的日子里，甚至他与范秀美的生活费用都是张爱玲所出。

她对胡兰成爱得深沉，爱得彻底，以至于再也无法对其他的男子生那一星半点的爱情。

这是一次决绝的转身，是对胡兰成的决绝，也是对爱情的决绝，自此之后，天涯永隔，再无相见之日。

在张爱玲以后的人生里还出现过两个男人，但爱玲与他们的感情始终平淡如水，就像她当初哭着和胡兰成说过的话一样：

你与我结婚时，婚贴上写现实安稳，你不给我安稳？我想过倘使我不得不离开你，亦不致寻短见，亦不能再爱别人，我将只是萎谢了。

　　她真的说到做到了，晚年她独自一人在美国洛杉矶罗彻斯特街的公寓里与世长辞，没有一点的征兆。

　　最后她的尸体是公寓的经理阿妮塔发现的，她就安静地躺在那里，像是睡着了，特别的安稳，桌上放着的就是那本映射她一生的小说《小团圆》，可惜尚未完稿。

　　同年9月30日，她的骨灰被带回上海，撒在广袤的荒野上。

　　她守了一生的夙愿也随着荒野的风飘逝，不见踪影。

　　或许这就是她为自己所谱写的最佳结局吧，斯人已逝，我们无从知道她逝去前的想法，我们只能哀悼她，得到她赠与我们作为女性的宝贵经验。

　　也许有一天，我们会做更加正确的选择。

第五辑 大师背后才华横溢的情人们

大师背后才华
横溢的情人们

——在光影幻变的舞台上，大师们总是那样的耀眼，我们会习惯性忽略他们身边的女人。

其实她们之中也不乏有才之人，但大师的光环、历史的涡轮将这一切彻底地掩埋。

不知多少年后，当人们重新正视她们的时候，才发现原来她们也是这般绚丽。

诗情画意书情人

你老了，头发花白，睡意沉沉，

倦坐在炉边，取下这本书来，

慢慢读着，追梦当年的眼神，

你那柔美的神采与深幽的晕影。

多少人爱过你昙花一现的身影，

爱过你的美貌，以虚伪或真情，

惟独一人曾爱你那朝圣者的心，

爱你衰戚的脸上岁月的留痕。

在炉罩边低眉弯腰，

忧戚沉思，喃喃而语，

怎样在繁星之间藏住了脸。

——叶芝《当你老了》

这首诗是爱尔兰著名的诗人叶芝在1983年所创作的情诗。诗中没有歌颂青春美好的炙热词汇，却远比其他的情所蕴含的情感要真挚。

少女怀春，君子好逑，都抵挡不住岁月的沧桑。

当容颜老去的时候，还有谁会陪伴身边，给予日复一日、矢志不渝的爱情？

这是蕴含在诗中的浪漫，任凭岁月冲洗，风雨阻碍，都抵挡不住爱的心。

就是这样一首笔者有心、闻者流泪的赤诚诗句，也没能唤来诗中人的爱情。

多少年来看过叶芝这首情歌的人，无不为之倾倒，羡慕并怨恨着那个女人茅德·冈，因为她一次次拒绝这位拥有赤子之心的诗人，令他痛苦不堪。

1889年，当叶芝第一次见到茅德·冈的那一刻，便深深地爱上了眼前这个女人，尽管他的父亲并不喜欢茅德·冈。

他曾说过这样一段话：

她伫立窗畔，身旁盛开着一大团苹果花；她光彩夺目，

仿佛自身就是洒满了阳光的花瓣。

苹果的意象是西语中爱情的集大成者，在爱尔兰的民歌里，一直把苹果作为爱情的象征，就像《伦敦德里小调》里出现的歌词：

哦，但愿我是娇柔的苹果花

从弯曲的树枝上面落下

飘落在你那温柔的胸怀

我把它当作我的家我长住下

……

你漫步荒原踩在我的身上

我就在你的脚下死亡

……

茅德·冈就好似叶芝心底柔软处生长的苹果树。

他们之间的感情并不是这样的。

他们的爱情并不如苹果树的浪漫，与其比作苹果树，不如说是向日葵。

当和煦的阳光透过薄雾般的云层，俯视着大地的时候，轻轻在风中摇曳的向日葵，总是第一时间面向她，享受着太阳带来的每一寸肌肤的滋润。

茅德·冈是太阳，而叶芝则是那枝追逐太阳的向日葵。

叶芝一生都在追求她，可是茅德·冈却始终以最严厉的方式拒绝着他，令他一次次失望、懊恼。

叶芝没有放弃，哪怕是茅德·冈嫁给了别人，完全失去希望的时候。

叶芝的追求让世人同情他，并对茅德·冈横加指责，谴责她的冷酷无情。

然而又有谁曾了解过那个女人，了解过她为什么一次次拒绝本可唾手可得的幸福爱情。

茅德·冈因叶芝而举世闻名，但她本身并不是叶芝的附属品，只不过叶芝的名声盖过了这位本可靠着自己享誉世界的女人。

1866 年 12 月茅德·冈诞生在爱尔兰军人家庭里，父亲是爱尔兰第 17 枪骑兵团上尉。

诞生的环境注定了她一生不会有诗情画意般的浪漫生活，有的只是那火与血的冰冷世界。

在遇到叶芝之前，茅德·冈是一名很有影响力的演员，也是一个爱国志士。

时间回溯到 19 世纪的爱尔兰，正是与英国恩怨不断的时期。一场大饥荒令爱尔兰人口锐减，同时也埋下了对英国统治者仇恨的种子。

这个种子影响了一代又一代的爱尔兰人，包括茅德·冈。

她创办了名为"爱尔兰女儿"的组织，协助在第二次布尔战争中抗击英军的爱尔兰旅。

她以实际的行动援助爱尔兰独立运动。

政治、战争成为她生活的主题曲，而叶芝却是一位柔弱的诗人。他们并没有共同的交集，或者说不是同一个世界的人。

当叶芝因为一封信的误会，第一次向茅德·冈表白时，被她坚决拒绝。她很清楚叶芝跟她并不是一类人，如果她嫁给了叶芝，被所谓的夫唱妇随所束缚，她就无法完成毕生追求的事业，所以她狠心地拒绝了这份爱。

这是茅德·冈的原则，她就是这样一位坚定而勇敢的女人。

在她晚年的回忆里，曾写过"他是一个像女人一样的男子，我拒绝了他，将他还给了世界。"

在茅德·冈看来，叶芝并不是她生命中理想的人，她理

想的爱人是那些经过铁血洗礼的政治家和军人。

叶芝为了茅德·冈，也去努力地适应那激进的独立运动，但在茅德·冈的眼里，那不过是过于勉强的表演。

1903年茅德·冈遇到了与她志同道合的麦克布莱德少校，他是爱尔兰自治运动的一位领导者。

叶芝很快得到他们结婚的消息，并随即写下了《冰冷的天穹》。

巨大的伤痛令他无法呼吸，失望与懊恼弥漫在他心房的每一个角落。

远远望去，天空看上去都已经凝结，乌鸦在树梢传递青春逝去的信号。

叶芝看到的是乌鸦，乌鸦表示的是死亡。

茅德·冈的婚姻带给他的是死亡，爱情的死亡。

即便如此，他依旧无法放下茅德·冈。

1916年4月，复活节工人起义失败，茅德·冈的丈夫作为起义的怂恿者被英国人处以极刑。

事后，叶芝再次向茅德·冈求婚，可还是被拒绝了，直至叶芝病逝，他都没有等来茅德·冈的回心转意。

哪怕生活不幸，也不愿嫁给他，因为这是对他的不公平，同时也是为了坚守她自己的原则。

天作英才埋于世

提到被埋没的英才，人们最先想起的是荷兰印象派画家梵高，学生时代绕不过去的人。

历史的涡轮里，总会因为某些原因而埋没一部分隽永之才，他们或是桀骜不驯，或是特立独行，他们与这个世界显得格格不入，不被世人所接受，然而这并不能掩盖他们的才能。

不知多少年后，当人们重新正视他们的时候，他们所留下来的东西依然会发出灿烂的光晕。

在雕塑的领域也有一位"梵高"，她默默躲在暗处，独自散发着光芒等待人们认识她。

卡米耶·克洛岱尔，这是她的名字，如果你还不知道的话，罗丹的名字你一定知道，《思想者》的作者，雕塑界最为著

名的雕刻家。

而卡米耶·克洛岱尔便是他的弟子之一，同时也是他的情人。

世人总是在提到她的时候，感叹一句："对！就是她，罗丹的情人。"

当《冥思》从塞纳河底被捞出来的那刻起，卡米耶站到了公众的视线前，呐喊着生前的意愿，一位雕塑天才的呐喊，一个不愿被罗丹光环笼罩的女人的呐喊。

如今这座雕像，成为了价值连城的作品，在雕塑界闪烁着耀眼的光芒。然而生前的她，都在罗丹的阴影下活着。

世人只知罗丹，只知她是罗丹的情人。

烈阳灼烧着海平面，卡米耶在沙滩上玩着沙子，做出一件件沙堡，幼年的她便显示出无与伦比的才能，虽然她没有接受过正规教育。

到了少女时代，她就已经是一位天资聪颖的雕刻家，受到当时其他艺术家认可。

后来跟随父亲来到号称"艺术之都"的法国巴黎，成为

法国雕塑大师奥古斯特·罗丹的学生。

她和罗丹的结识可以说是幸事，也可以说是不幸。

她成为罗丹弟子不久之后，雕刻了一只青筋微露的脚送给罗丹，罗丹看到作品的时候为之震惊，觉得这位弟子有着天才般的艺术细胞，当即决定请卡米耶来做他的助手，参加一些大型雕塑的工作。

卡米耶成为罗丹的助手，与他一同工作，她逐渐被这个大她二十几岁的艺术家所吸引，并且迷恋上他。

一次，卡米耶无意中看见罗丹用一种暧昧动作在摆弄着他眼前体态丰腴的裸体女模特儿，卡米耶惊呆了，心目中罗丹的形象瞬间崩塌了，她含着眼泪离开了罗丹。

结果第二天罗丹发现卡米耶不见了，亲自去找她，跟她说："你是个无可替代的助手，一个惊人的雕塑天才。"

听到这话的卡米耶受宠若惊，迷糊之间便答应了罗丹的请求，回到了他的工作室内。

他们一同创作，卡米耶甚至把工作室当做第二个家，她没日没夜地雕塑着，几乎与世隔绝，生命里只有雕塑和罗丹。她把一切都献给了罗丹，并爱上了他。罗丹也因为长时间的相处，喜欢上了这个纯真的少女。

　　热恋让卡米耶近乎疯狂，她越来越放不开眼前这个男人，而罗丹却有一位娇艳的未婚妻。

　　卡米耶要求罗丹离开他的未婚妻，罗丹却并不想离开，两人的关系越闹越僵。

　　最后在与罗丹未婚妻的一次冲突中，卡米耶流产了，伤痛令她重新审视自己，再次走到了正轨。

　　但是她的作品却始终无法摆脱罗丹的阴影，世人总是会将她与罗丹放在一块。

　　个人化的作品不被接受，带有罗丹阴影的作品又不是卡米耶所需要的，她的后半生都是在与这些抗争，她想要摆脱罗丹对她的控制。

　　罗丹的阴影却是那般的巨大，覆盖在她生命的整个天空，她越是想要开拓一片新的天地，却越是被束缚得紧紧的。

　　虽然在她生命的最后几年，终于摆脱了罗丹的艺术影响，却还是没有摆脱他们的爱情。

她开始认为罗丹是一切的始作俑者。

渐渐地她封闭了自己，不再出去，甚至觉得罗丹要迫害她。

不久她就被送进了精神病医院，结束了她传奇的一生。

卡米耶的弟弟保罗·克洛岱尔曾为这个痴狂的姐姐写过这样一段话：

这位赤身裸体的年轻姑娘，她是我的姐姐，我的姐姐卡米耶。

这位美丽动人的姑娘，这位傲气十足的姑娘，她跪在地上，她就这样暴露在众人面前，一丝不挂地跪在地上，忍受侮辱，苦苦哀求！

一切都结束了，她给我们留下来可以看见的就是这座永远的雕像……一种如此巨大的力量，同时拥有爱情、失望和仇恨的可怕的真诚，以至于这座雕塑超越了这门艺术的所有界限……《成熟之年》……这个在最后一团烈火中将它构思出来的灵魂，终于迫不得已地消失了……余下的仅有缄默而已。"

她生前的抗争直到去世 37 年后，终于得到了世人认可。

如今她已经为几乎所有的欧洲人所熟知，不作为罗丹的情人，而是作为一个天才女雕塑家。

转身归去忆沧田

21 世纪初，一本名为《我曾是塞林格的情人》的书，一经面世便受到许多人关注，这是乔伊斯·梅纳德在她人生经历 44 年后回首往事所著的个人传记。

书中大量描写了她的隐私生活，尤其是她与《麦田守望者》的作者塞林格之间的感情生活。

她一时间名噪大街小巷，成为塞林格最著名的情人。

18 岁的时候，乔伊斯便已经小有名气，她在《纽约时报》发表了一篇名为《十八年华回首往事》的文章，一夜之间她的名字便传遍美国。

她收到了许多的信件，其中包括当时已经成为美国文坛重量级大师的塞林格的信。

信中对她多番赞扬，称她有写作的天赋，但同时以长辈

的口吻叮嘱她不要被盛名所迷惑。

她怀着忐忑的心情回复了塞林格，并得到了大师的一个邀请。

涉世未深的少女得到崇拜的大师对自己的邀请，心早已飞到九霄云外，失去往日理性的判断。

"我爱上了他信中的声音。"

这是噩梦的开端，所有罪恶的源头，18岁的她不会想到其中的含义。

年轻的她做出一个万劫不复的决定，那就是去找塞林格。

她放弃了学业，舍弃了家庭，来到塞林格隐居的地方。

她对塞林格的认识全部基于书信和少女时代的幻想。

这也是塞林格惯用的手法。

在她的少女想象中，他应该是一位温文儒雅、善良、温暖的男人。

但在乔伊斯后来写的传记里，我们发现，这位现实里的大师和文字间的那人，是完全相反的人。

他自私自利，他冷酷无情，是一个喜欢玩弄女人的男人。

此时的乔伊斯还不知塞林格的真相，只是被他的文字所迷惑，并来到他的住处。

这是一所远离尘世的房子。

与世隔绝的环境令乔伊斯产生幻觉，以为塞林格就是她生命里唯一的那个人。

她顺着塞林格的喜好，将自己变为了麦田少年理想的爱人，与他一道在狭小却温暖的房子里过着"结庐在人境，而无车马喧"的隐居生活，一切都恍若隔世。

这样的生活总归是镜中水月，终有一日会破灭。

处在幸福包围下的乔伊斯开始希望有一个自己的孩子，然而塞林格明确地告诉她，他已经有两个孩子了，不想再要了。

孩子的事令两人出现了隔阂，加上期间乔伊斯在报纸上发表了一篇文章，与塞林格低调隐居的生活不符合。

塞林格逐渐失去了对乔伊斯的耐心，两人历时十个月的恋情也走到了头。

当乔伊斯再次提出想要孩子的请求时，塞林格对她说："你知道，我不能再有孩子了，这一切都结束了。"

塞林格将她赶出了住处。

乔伊斯陷入了灾难性的毁灭，不管她怎么乞求，塞林格都冷冷拒绝。

她差一点就如卡米耶那般走向毁灭的道路。

她在这场爱情的游戏中输得体无完肤。

悲痛欲绝的她把自己关了起来，闭门写作。

身为塞林格众多情人中的一个，乔伊斯是幸运的，她有一样能够抒发情感的工具，那就是写作。

乔伊斯用以前的稿费买了一套房子，从此专注写作。

她用一砖一瓦重新开始筑建她的世界，一个没有塞林格的世界。

乔伊斯很坚强，她跨过了卡米耶没能跨出去的门槛，避免了更糟的事情发生。

但她还是没有放下塞林格。

时隔 25 年，她最终忍不住思念，再次来到塞林格的面前，她要给自己讨个说法。

她其实想要听的是塞林格说他曾爱过自己。

但塞林格的冷酷已经超乎她的想象。

"这个问题，你不配知道它的答案。"

这一次，乔伊斯再也没有任何伤感，她转身离去，走得潇洒，她不会再为这个本来就不爱她的男人毁掉剩下的半生。

　　她要活得精彩。

　　她卖掉了他们的信件，然后写下了这本传记。

　　当记者采访她的时候，她只是冷静地说：

　　"我之所以写下这本传记，是因为要警戒我的女儿。"

　　其实这本书不止是在警戒，更重要的是为了道别，是一种仪式，放下过去的仪式。